피망과 파프리카

이희명 시집

문학세계사

.

바다가 또 한잔의 파도를 엎지르자
몽돌 해안이 젖은 가슴을 열었다.
각角을 버리기까지의 시간에 대해
우리는 저마다의 심중에
암각화를 새겼다.

두리번거리는 시간이 쌓여 시가 되었다.
바람처럼 더 가벼워지고 싶다.

2023년 가을
이희명

□차례

Ⅱ

III

IV

I

눈부신 비애

눈동자를 바꿨다

오, 눈부신 세상

노랑나비 날개 끝에 얹힌 하얀 비애
세상이 환해져 작은 얼룩도 또렷이 보인다

타박타박, 맨발로 저문 강둑을 걷는 사람아

어젯밤엔
꿈길까지 환해져
한때 흐릿하던
그대 뒷모습도 또렷하게 보였다

관전자

소리들이 폭발한다

운전석 사내의 엉덩이가 뛰고
바퀴 달린 아이가 뛰어들고
하이힐의 여자도 뛴다
부르릉, 아스팔트가 휘청거린다

어디에 소리 전쟁이라도 일어난 것일까
2.5톤 트럭은 달랑 아침노을 한 자락 싣고
또 어디로 가고 있는지

밥벌이의 기억이 희미한 관전자,
장독 뚜껑을 열어 둔 채
게으른 하품이 발등을 찧는데
구불구불 골목이 꿈틀거릴 때마다
금빛 아침 한 무더기씩 쏟아져 나온다

골목의 교감신경이 활발하다

돌배나무엔 꽃구름 하얗게 피어나고
—기일

이맘때가 되면 스스로 환해지던
늙은 돌배나무 한 그루

손거울처럼 들여다보던 남루 잠시 벗어두고
당신은 언제라도 눈 맑은 아낙으로 살자 했는데

늦게 배운 호미질 손에 익기도 전에
그 손가락 호미가 되고
그 호미 닮은 초승달이 배꽃 가지에 걸리면

—야들아, 어째 잠만 자노
나와서 저 꽃 좀 봐라

달빛 버무린 음성 그대로 귓속에 남았는데

당신 떠나신 그날처럼
돌배나무엔 하얀 꽃구름 무심히 피어나고

—어머니, 어째 잠만 주무세요
나와서 저 꽃 좀 보세요

명랑한 계란찜

아침을 여는 데는 계란찜이 필요해요

톡,
한 우주가 이내 홍건해집니다

한사코 노른자 뒤로 숨는 알끈을 떼어내고
호동그란 시선을 피해
깐깐한 새우젓 한 꼬집, 명란 한 도막을 넣어 휘저으면
계란찜은 금방 명랑해집니다
참, 매콤한 파 다짐 약간 추가요

새벽을 열어젖히던 푸른 목청과
홰를 치던 날갯짓은 가만히 덮어요

껍질이 깨질 때마다 조금씩 굳어지던 심장 얘기는
하지 않기로 해요
조향사가 떨어뜨린 한 방울 악취가
향기를 깊게 한다는군요

이제 열탕의 온도를 낮춰야 해요

우리들의 말랑한 식탁이 완성되고
닭이 울지 않아 고층아파트 뒤편에서 머뭇거리던
아침이 후다닥 달려옵니다

낙화

태풍 소식을 듣고 우리는 바다로 향했다

가슴에 모두 몇 개씩 돌덩이를 안고 끝없이 달려
델마와 루이스*처럼
절정의 꽃잎이 속절없이 제 몸을 바닥에 던지듯
절벽 아래로 낙하하기를 바랐다

저마다 떠나온 천 가지의 이유들이
바람맞이 언덕에 자동차를 세웠다

한 무리의 젊은이들이 서핑을 즐기며
홍해 바다를 건넌다
물결에 피어올랐다 잠기는 꽃잎, 꽃잎들

바다는 스스로 가슴을 열고 또 닫으며
찢고 소리쳤다
소화되지 못한 응어리들을 꾸역꾸역 토해내며

긴 꼬리를 흔들어 하늘과 바다의 경계를 지웠다

돌덩이들이 파도 위에 꽃잎처럼 팔랑거렸다

*영화 제목

귀소歸巢

잃고 나서야 애틋한 것이 있다

푸르뎅뎅한 바탕에
당초무늬를 그리다가 어긋난 듯
갈색 실금이 쭈뻣쭈뻣 번져나간,
이름조차 잊히어 가는 명왕성에서 쏘아 보낸
암호 같은 옆모습을 지니고 있던,

너부죽한 생김이
잡채를 담아도 모양이 빠지고 된장찌개는 빨리 식어
선반 구석에 오래 웅크려 있었다

그날 왜, 하필 고것이
내 손을 잡고 매달렸는지
혼신을 다해 눈 한 번 맞추고
스르르 눈을 감던 사람처럼

그것은 마치
잠시 뭉쳐졌던 흙덩이가

다시 흙으로 돌아가듯 그렇게
퍽석,
순한 소리로 내려앉았다

씨앗을 안겨주면 금방이라도 싹을 틔울 것처럼

압화

그냥, 송두리째 흔들리던 때가 있었지요
흩날리던 향기도 장난 아니었어요

길 가는 사람들 허리 굽혀 눈 맞추고
한 철 벌 나비 날갯짓 분주했지요

어느 날 눈앞이 캄캄해지고
압!
가슴 위에 돌덩이 하나 얹혔네요

물기 없는 등짝엔 딱풀이 붙었어요
천연덕스럽게 내리누르는
저 차가운 눈빛은 무엇인가요?

어둠 속에서 나비가 날아와요
벌새의 날개는 아직도
유리 상자 속에서 파닥거리고 있네요

누군가 다가와 내 얼굴을 닦아요

액자 속 향기 잃은 나를

갈증이 나요
누가 물 한 바가지 부어 주실래요

내 떠나온 촉촉한 길섶으로 돌아가
마음껏 흔들리고 싶어요

발리를 *끄*다

한 손으로 꽃을 피우고
한 손으로 죽은 새를 바람에 묻는 일은
가이아의 오래된 시간표

그 섬에는 대지의 신을 위해
소등하는 날이 있다

부드러운 어둠이 섬을 덮자
바다에는 불 켜진 하늘이 흐른다

까치와 까마귀 다리를 놓던 그 강물
폭포 되어 바다로 쏟아지는데
앞바다 물마루는 은하 기슭에서 철썩인다

침묵의 씨앗 비로소 싹이 터
기도를 낳고,
침묵을 낳고,
대지의 자녀들이 오롯이 하나 되는 밤

이윽고
사람과 섬과 바다의 어깨가 나란해졌다

나지막한 봄날

해안으로 내려서자
파도의 그물이 잽싸게 그녀의 발목을 잡아챘어
헉,
그녀는 순식간에 바다의 품에 안겼지
무료하던 풍경에 갑자기 생기가 돌았어

코딱지 꽃이 까르르 웃고
천지는 좌르륵, 몽돌 구르는 소리로 가득 찼지
졸고 있던 폐선이 기우뚱 몸을 뒤채고
바다가 낮은 소리로 킬킬거렸어

낮아져라 낮아져라

아득히 높아진 하늘 아래 누워
해안의 무릎을 쓰다듬는 바다의 소리를 들었지

태양을 향해 젖은 옷을 펼치자
발목보다 가슴이 뜨끔거렸어

바람이 꾸덕꾸덕 물기를 말리는 동안
흐흐흐, 순식간에 달아나는 파도의 흰 발목

봄은 들판에 아롱아롱 푸른 점자를 새기고 있었어

말들의 세계

펄펄 뛰는 야생의 말 한 마리 들이고 싶다고
밤마다 소원하다가
열이레 달빛 빌려 근근이 사로잡은
비루먹은 말 한 마리

달려라, 달려
바람처럼 달리고 바퀴처럼 구르는 말들의 세계

말귀를 잡아당겨 두 눈을 들여다보다가
동실한 엉덩이를 쓰다듬어 보다가
채찍을 휘둘러 봐도
거랑말코 같은 말은 도대체 움직일 생각이 없다

편자를 갈아야 할까
고삐를 죄어야 할까

떨리는 손으로 말집 호롱불 밑에* 시집을 펼쳐놓고
앞서 달린 말들의 발자국 따라 걷다
까무룩, 풋잠 속을 다녀와도

말은 아직도 제자리걸음 중

새벽까지 어스름 허공에다
ㅅ, ㅅ자를 새기고 선 겨울나무
바닥엔 날아오르지 못한 파지만 쌓여 가고

*박용래의 「저녁 눈」에서 차용

한낮의 농담

바람으로 버무린 작고 뽀송한 깃털 공
태생의 반이 바람이라

날고 싶어
바람의 장난기에 가볍게 장단을 맞춰보지만
이내 슬그머니 내려앉는다

얼기설기 깃털 공조차 피해 갈 수 없는
무거운 법칙을 어디선가 읽은 적 있어

하얗게 튀어 오르는 빛의 바다
먼 산 바위 깨뜨리고
온 햇살이 잠시 숨을 고르는 뜰에
어디서 노랑나비 한 마리 팔랑, 바람을 불러낸다

어라,
바람 등에 슬쩍 올라탄 깃털 공이 거미줄에 딱 걸렸네
이름을 잘못 지었나 봐, 날개라 했으면 날아갔을 걸

누구의 섭리일까
가볍다고 다 자유로운 건 아니었구나

돌고 돌아 다시 봄 돌아오면
거미줄엔 한낮의 농담처럼 민들레꽃 노랗게 피어날까

재채기 변주곡

가끔은
용천수처럼 재채기를 토해내고 싶을 때가 있어
급하게 세 번 들이마신 숨이
한꺼번에 폭발하며
간질거리던 목구멍이 뻥 뚫리는
시원함을 모르는 건 아니야

에, 에, 에취
순식간에 찢어져 펄럭거리는 허공

재채기와 사랑은 방향이 중요하다고 생각해
고요가 흔들리고, 정적이 흐르고
소리 없는 화살이 날아다니기도 하지

탁류에 굴러떨어진 바윗돌이 물길을 바꾸듯
거꾸로 매달려 얼굴 붉어진 홍시가
까마귀 기침 한 번에 철퍼덕,
길바닥으로 뛰어내리듯

어떤 말은 재채기처럼 튀어나오지
쏟아낸 진심에 손끝을 베였나 봐
마음엔 요철이 있어 쉽게 얼룩을 지울 수 없어

사랑과 재채기는 감출 수 없다는데
참아도 참아도 튀어나올 당신의 사랑을 기다릴게
손금에서 흐른 물이 바위를 뚫을 때까지

골목 풍경

마태산 아래 고미술 거리
벚꽃 개화 등고선이 골목을 지나는 중

길고양이 긴 허리
나른한 졸음이 꽃그늘에 들었다

간밤 꿈에 놓친 물고기는 바다에 닿았을까
고양이 호동그란 기지개를 켜는데

베트남에 외가를 둔 초등학교 1학년이
새로 산 책가방을 달가닥거리며
집으로 돌아오는 길

—오삐, 오삐
마중 나온 노랑 병아리 애지랑 떨며 달려가다
꽃잎 위에 주저앉아 저도 한 송이 꽃으로 피어나고

고고당 앞, 평상에 중년 몇이
카더라 통신에 언성이 높아지는데

대낮까지 이어진 꿈길에 몽롱하게 걷던 민지 할머니
아, 가스불은 껐던가?
골목길 소스라쳐 잠긴 대문을 뛰어넘는

오래된 골목의 봄은 이내 수그러들 헛소문이다

발화

　개구진 친구들이 어지간히 집적거려도 다투는 법 없이 조용히 제 몫을 이뤄내던, 그의 이름을 수식하는 단어는 '착한'이었다
　언제부터였을까? 고층아파트 그림자가 아이의 등허리에 터를 잡고 한 박자 늦은 한숨이 그의 언어를 대신하기 시작한 것은,

　서랍을 열면 단절과 절망, 포기와 증오 따위의 날 선 단어들이 툭툭 떨어져 내렸다
　냉이꽃처럼 희끄무레한 미소가 어른대는 잿빛 눈동자에 스치듯 떠올랐다 사라지는 찰나의 불빛, 동글납작한 뒤통수엔 은둔형 외톨이라는 이름표가 돋아나고 분절된 시간 속에서 불씨들은 차곡차곡 간직되었다

　어떤 말이나 눈빛은 불씨를 잠재울 수도 있다는 것을, 그는 도무지 알지 못했다
　도시의 빌딩들이 고개를 빼고 사방 내려다보고 서 있는 지붕 낮은 집, 검정고양이 한 마리와 먼지 쌓인 고지서가 발효되지 못한 그의 삶을 껴안고 있었다

니야옹, 소리마저 사라져 버린 어느 밤

　바싹 마른 불쏘시개가 제 몸에 불을 놓았다 마을과 내를 한달음에 건넌 불은 막 진달래가 피어난 봄 산을 삼키고 나서야 꺼억, 트림을 했다

　그의 이름을 수식하는 낯선 단어들이 쏟아져 나오고, 불 꺼진 은자의 동굴 앞에서 사람들은 고개를 갸웃거렸다

어린 왕자에게

빌라 앞에 버려진 라일락 화분을 봤어요
미처 피지 못한 꽃봉오리들이
사흘 굶은 아이의 눈망울을 닮았어요

어떤 눈은 보고 있으면 갈증이 나요

기아와 다이어트의 경계는 어디쯤일까?

숟가락을 내려놓자마자 사과를 깎아요
보아뱀처럼 배가 불룩해도 습관적으로 사과를 깎죠
종이 위에 끝없이 별의 숫자를 기록하는 사람처럼
비만해진 마음이 슬그머니 고개를 숙이고

똬리 튼 욕심을 꿀꺽 삼켜요
붉어진 사과의 얼굴

그런 날은 당신의 말 무더기에서 고른
말 한마디 꼭꼭 씹고 다니죠

목마른 아이가 보고 있어요
두 손 가득 사과를 올려놓으면
종이컵으로 떠다 붓는 물이 꽃을 피울 수 있을까요?

인디언 기우제라도 지내야 할까 봐요

피망과 파프리카를 잘 구별하지 못해요

　나이 들어도 모르는 게 많아요 홍옥 홍로 부사 이름을 잘 몰라서 그냥 사과라고 불러요 좀 더 다정하게 불러주면 좋을 것을요 설탕과 소금도 헛갈려서 말썽이지요 이해와 오해도 자주 혼동해요 사람인 줄 알았는데 사랑이라고 하네요

　사람과 사랑, 같은 말 아닌가요? 저기 사랑이 걸어오고 있어요 사랑이 쌓여서 사람이 되었어요 사랑이 없었다면 어찌 제 가슴이 이리 아프겠어요 눈물이 나네요 붉어진 가을 입술을 씻어 내리는 저 빗소리 굴러 내리며 뒹굴며 저도 우나 봐요 대낮에 가슴을 후벼 파더라고요

　나이 들어 모르는 게 많아서 행복해요 사람인지 사랑인지 좀 모르면 어때요 피망도 맛있기만 한 걸요 당신이 좋은 사람인지 나쁜 사람인지 오래 생각했어요

이젠 생강할래요 꿀 한 스푼 넣으니 알싸하고 이리
개운한걸요

사람해요! 당신

별후

비행음이 길게 남으로 선을 긋는다

잠이 깬 집이 뚜두둑, 마디를 꺾으며 돌아눕고
쩡쩡, 어디선가 겨울밤이 얼어 터지는 소리

이런 밤,
먼 산 아래 누옥에선 얼룩소가 새끼를 낳고
어느 해 겨울을 못 넘긴 군자란을 생각한다

이불 속에서도 어깨가 시리다
날갯죽지에 얼굴을 묻어도 파고드는 바람
지붕 없는 시퍼런 얼굴들이 나타났다 사라진다

늙은 집 처마가 어둠 속에서 고드름 키를 키우고
새벽잠 잃은 남편이
대청마루에 난롯불을 켜고 들어온다

이맘때쯤 어디선가

히말라야 돌부채가 꽃을 품고 있을 것이다

그의 새벽 기도가 겨울밤보다 길어진다

어미의 땅

두 평 뜰에 아는 잎들이 흔들리고 있다
어제 하늘을 날던 어린 새는
오늘 이곳에 묻혔다

오랜 옛날 여기는 거대한 무덤군이었는지도 모른다
이레를 굶겨 보낸 자식 앞에서
원시의 어미가
허억 허억,
돌도끼로 손등을 찧으며 피 울음 울던 메마른 땅

아직도 몰캉거리는 어린것을 양지쪽에 뉘어 놓고
어둠이 몇 번씩 다녀가도록
하늘 우러러 두 손 모으던
막막한 땅이었는지도 모른다

어느 여름, 하늘이 무너지고
작은 봉우리들 섬처럼 떠돌다, 떠돌다
흔적 없이 주저앉아
석양에 삘기 풀잎만 서걱대는 붉은 땅이었는지도 모른다

지금
저 초롱꽃 쉼 없이 밀어 올리는 손
이제는 검고 촉촉해진 저 손, 꼭 잡으며 묻고 싶다

—당신은 어디 살던 누구세요?

민들레를 그리다

이 오르막은 언제나 숨이 차다

앰뷸런스도 이쯤에선 울음을 그치는
대학병원 초입
더는 물러설 곳 없는 담장 모서리
어린 민들레꽃 한 송이 주저앉았다

철없는 꽃이 피었다고요?
그가 꽃 피우는 때가 철인 거죠

통증이 번진 눈가는 언제나 빨강 아니면 노랑

지금은 민들레 톱니에도 녹이 스는 때
이틀만 더 남국의 햇볕을 주소서*

산들바람 손잡고 구름 위에 파종할 거예요
방울새 노래로 울타리 두르고
때가 되면 휘휘 휘파람을 날릴 거예요

노래는 빛이 되지 못하고
어디에도 없는 시간이 가을이라는 이름으로 지나가고

*릴케의 시 「가을날」에서 차용

기억의 먼지

처음에는 그것이 스치는 바람인 줄 알았어

—나야, 나야!
그 소리 환청인 줄 알았어

때로는 노란 꽃이었다가 날갯짓하는 새였다가
때로는 재잘대는 너였다가
때로는 침묵하는 나였다가……

창문턱에 걸터앉아 빼꼼히 들여다보다가
슬그머니 내게로 와서 옷섶을 파고드는 순간
너는 나와 한 몸이 되었지

옷깃을 여미어도 내 안을 제집처럼 드나들지
기억 속의 네가 나인지 내가 너인지
아무도 눈치채지 못했어

때로는 잃어버린 기억들이 시곗바늘을 돌려놓고
볕 좋은 마루에 뒹굴고 있지

오래된 기억의 겉장을 훅 불면
푸드덕 날아가는 되새 떼

돈, 돈

한때 내 눈을 멀게 한 전부였지요

어느 한 남자가 그리 좋으믄 애가 말라 살지도 못하지 암만 자고 깨믄 통장 디리다 보는 재미로 살았어 발이 구름 우에 뜬 거치 일을 해도 힘든 줄을 몰랐응께 첫눈에 반한 여자 꽁무니 따르드끼 돈이 따라오더라고 시절하고 운이 딱 맞아떨어질 때가 있었지

돈 마이 벌믄 뭐 하누 바빠서 별로 써 보지도 못 했는 걸 그 인간들이 떼먹지만 않았으믄 지금 남만큼 살 꺼구만 아는 놈이 도둑놈이라 하더만, 한동안 돌아삐맀지요 쪼매 남은 건 아이 엠 에프 때 서방이 홀랑 말아먹고 살림이 갈 땐 또 그렇게 가더라고요 억시기 싸웠지요 기냥기냥 살다가도 어느 땐 바늘 하나 꽂을 자리가 없는 기라

그렇다고 그리 짠하게 보진 마소 그 사람도 그리 나쁜 사람은 아니라 뜨신 밥에 커서 세상 물정을 모르는 기 흠이라믄 흠이지만 진들 우야겠노 그리 맹글어진 걸 이 생

각을 머리에 집어넣는 데 반백년이 걸렸네요 얼라 재우드
끼 수시로 내 맘을 다독거리는 기라 그래야 내가 살겠더
라고 돈, 돈하다가 진짜로 돈 인간 되믄 되겠어요

　돈이란 거시 바람끼 많은 남편 같아서 옆에 있으믄
든든하고 안 보이믄 딴 여자 품에 있거니 하지 어데서
라도 잘 있으믄 되지 통장에 갑갑하게 갇혀 있는 거보
다 집도 되고 책도 되고 자동차 되어 뿡뿡 돌아댕기고

　좀 좋소! 돈도 그러고 싶을 거 아니요

오독

낡고 해진 책 한 권을 끼고 산다

주름지고 거뭇거뭇 때 묻은 겉장을 넘기면
목차가 제법 가지런히 짜여 있지만
두어 장 책장을 넘기다 보면 군데군데 찢겨 나간 흔적
사라진 페이지만큼 읽어내기 쉽지 않다

나의 난독증까지 보태져 그를 오독하는 습관이 생겼다

법전法典처럼 복잡하다가
토목 전문 서적처럼 재미없다가
통속 소설인가 하면
철학 서적처럼 난해하고
때로는 불량 만화책처럼 유치하다

─옥상 깻잎에 물을 줬더니
향기가 계단까지 따라와 고맙다고 인사하네

이런 이런, 그간 오독을 했었던가
건성건성 읽던 책을 어느 날 다시 꺼내 읽는다

허공

모서리 없는 허공이 하는 일이란
벚나무가 무료할까 바람을 불러오는 일
한 무리의 새를 풀어 잠든 아침을 깨우는 일

오래된 새벽 출근길
아직 물기가 남은, 하이힐 그녀의
머리카락을 말리는 일
또각또각 소리가 멀어질 때까지
못다 깬 꿈길을 지켜주는 일

어린 잎과 함께 가만가만 흔들려 주는 일
어미의 찬 손을 끌어당겨
아이의 이마를 식히는 일
짬짬이 모아둔 어린 새의 눈물을
안개로 흩어버리는 일

팔 길게 뻗어
아침 해를 손바닥에 올려놓던 바닷가
삼지창이 젓가락으로 바뀐 식탁에서

밥 대신 떠먹던 갈매기 울음
남아도는 시간을 접어
종이비행기를 날리는 일

무릎을 꿇고, 어둠을 끌어당겨
좀체 잠들지 않는 아이를 재우는 일

오늘도 머리맡을 지키고 선, 나의 하느님

그 밤의 귀소

어스름 달빛을 등지고 막차는 시골길을 달렸어

물수제비뜨듯 달빛이 강물 위로 조르륵 따라왔었지
버드나무 숲이, 멀대같은 전봇대가, 먼 마을의 불빛들이
뒷걸음질로 바쁘게 달아나고

졸음에 겨운 버스는
반쯤 감긴 눈으로 풍경들이 비껴 달아나는 것을 보고 있었어

빨리 가 닿고 싶었다가
달빛 속으로 밤새 흐르고도 싶었던 그 밤의 귀소

부드러운 진동에 모두 까무룩,
자루처럼 앞뒤로 흔들리고 있을 때
반쯤 깨어 있는 의식이 느릿느릿, 내릴 정류장을 헤아렸지

급한 발소리에 호로로록, 밤새가 잠을 깨고
숨어있던 그림자가 뒷덜미를 잡겠지
절대로 뒤돌아보지 말고 걸어야지

식은땀이 등허리를 적실 때쯤 가닿던 그 불빛
그리움에 지친 마음이 앞서 달려가면
깜빡깜빡 몸을 흔들며 나를 반겨주던 붉은 눈빛

한로

구월을 떼어내자 고춧대가 홀쭉해졌다

툭하면 어깨가 축 처져 있어
옥상 오르내리기를 식구들 끼니 챙기듯 했었는데

여름내 서너 개씩 따다가 된장에 넣고 챗국도 메우고
깔끔한 성깔이 맘에 들었다

잎을 훑어 바닥에 쏟아놓으니
저 잘났다고 빨갛게 익은 놈
중학생같이 멀쑥한 키에 시퍼런 놈
아직 어려서 밀가루 묻혀 쪄먹기도 어정쩡한 놈

이건 물김치용, 저건 부추전, 봉지봉지 담고 나니
배경이던 이파리만 수북하다

아롱이다롱이 감당이 어려운 뿌리를 도와
말없이,
죽자고 열매를 길러내던 아우야

고춧대 같은 네 발목이 말썽이라는데
한 번 만져주지도 못하고

슬픔 두 큰술을 찬밥에 비볐다

지붕

지붕에겐 따로 지붕이 없었다

날이란 게 맑은 날도 흐린 날도 있는 법이어서
지붕도 지붕 아래 들어 두 다릴 쭉 펴고 싶을 때가 있
었다

폭우라도 쏟아지는 날은 속수무책
한철 장마를 다 받아낸 지붕은 뼛속까지 푹 젖은 몸
이를 악물어도
참기 어려운 한기가 딱딱 소리를 냈다

─이게 뭐야, 지붕이 있으면 뭐 해, 비 하나 못 가리
는 걸

양동이에 흥건한 어둠이 물러가고
지붕은 잠시 혼곤한 낮 꿈에 들었던가
강 건너 주막집 홍매는 올봄도 볼 붉은지, 생각 끝에
화들짝
지붕은 그때 왜 피가 나도록 입술을 깨물었을까?

큰기침 한 번에 지붕은 다시 등을 곧추세웠다

움파 노릇한 황탯국이 서늘히 식어가고
더는 품을 수 없는 물기를 울컥울컥 토해내던 지붕은
어느 해 모진 바람에 땅으로 내려앉고 말았는데

이 빠진 자리 새 이가 나듯
새로 인 지붕들이 하얀 볕에 젖은 등을 말리고 있다

따뜻한 조문

살얼음 어는 대청마루에서
화분들이 빈 집을 지켰다

얼음 박혀 빳빳하던 이파리들이
집안에 훈기가 돌자 오히려
겉잎부터 축 늘어져
온몸으로 매운 시절을 전하고 있었다

정물처럼 놓인 두 사람
속절없이 식어가던 두 잔의 커피

눈 한 번 마주치지 않고
한마디 말도 잊은 채

어녹아 늘어진 군자란 이파리를
하염없이 일으켜 세우던 손

말없이 글썽이다가 막차가 끊길 때쯤
얼어붙은 손을 끌어당겨

손난로 하나 쥐여 주고
멀어져가던 가난한 그날의 조문객

환절기

너와 나란히 서서 들여다보던 그 웨딩숍에
임대 딱지가 붙었다

커다란 빗자루와 쓰레받기가
계절의 소품인 양 놓여있다

데이지같이 수줍던 그 소녀는 어디로 갔을까
목화처럼 순결하던 웨딩드레스는 반액 세일을 했을까

맞잡은 손을 놓치고, 젊음을 놓치고,
울음마저 까무룩 할 때

어느 날은 까치가 울고
어느 날은 까마귀가 울었다

사라지기 위해 존재하는 것들
계절이 바쁘게 건너가는데

이리저리 하릴없이 쏘다니는 바람 앞에

한철 뜨겁던 것들이 조용히 무릎을 꿇는다

쿨럭,
바람의 서슬이 아직 퍼렇다

참싸리꽃

벌들이 잉잉대며 꽃잎을 열고 있다

참싸리꽃은 자줏빛
따끔한 당부의 말씀
얼룩 한 점 없는 무명 앞치마

푸른 하늘 아래 붉게 들어 올린
저 불립문자

마른풀 향기 바스락대는 외진 산마을
그날의 싸리울은 어제인 듯 붉어서
제 허물을 쉬이 용서해 버리는 못난 습성이
순간,
종아리를 친다

이웃한 자귀나무 잎잎이 무성해도,
더는 흐드러지지 말자고
너는 참 단정히 웃었다

처서 무렵

햇빛이 기웃할 때 집을 나섰습니다 앞서 걷는 그림자는 나보다 키가 크고 늘씬합니다 낡은 등산스틱을 짚은 남자가 긴 그림자를 끌고 옵니다 우리는 서로 눈길 한 번 주지 않고 스쳐 갑니다

무궁화 이운 미군 부대 담장 밑을 지나 남중학교 정문을 지나 늙은 호박이 놓인 야채 가게 지나 왼쪽으로 돌아 신천 둔치로 내려섭니다 90도 꺾은 팔을 힘차게 흔들며 뽀글파마 셋이 지나갑니다

냇가에서 가져온 안개를 흩뿌리며 마을로 돌아옵니다 골목 안 세 번째 집은 가을 단장에 부산합니다 인부들이 뭐를 내려놓는지 한 번씩 쿵, 소리가 날 때마다 능소화 줄기가 부르르 몸을 떱니다

고미술상 앞 돌확에 꽃 진 수련이 여름의 허물인 양 둥둥 떠 있고 방금 시동이 꺼진 자동차를 지붕 삼아 길냥이 한 마리 길게 몸을 늘입니다 어디서 스윽, 한 줄기 소슬바람이 대문 안으로 따라 들어옵니다

노인보호구역

미군 부대 뒷길
눈 감아도 보이는 크고 붉은 글씨
'노인보호구역'

낙엽이 그 길을 걷고 있다

몸 반쪽에 이미 겨울이 와 버린,
가랑잎 같은 목숨이 흘림체로 걷고 있다
물고기가 지느러미를 흔들어 물속 길을 찾듯
뻣뻣한 팔로 허공에 노를 저으며
물풀 같은 그림자 따라 걷는다

체본 없이 완성한 그의 글씨체
벼루도 먹도 없어
맨몸으로 길바닥에 쓸 수밖에 없었던
그의 이력서

깊게 팬 이랑마다 수북이 쌓인 낙엽

걸음걸음 굽은 그림자
유서 같은 긴 편지 쓰면서 간다

퍼즐 맞추기

가난한 화가의 어지러운 붓질처럼
거리엔 진눈깨비 흩날리고
크레졸 냄새 익숙한 간이침대 위에서
우린 말없이 퍼즐을 맞추고 있었지요

밤의 카페테라스*엔
언제라도 그와 마주 앉고 싶은 테이블이 생겨나고,
노란 불빛 아래 서성이는 두 마음이
닿을 수 없는 거리에 푸른 별들을 심고 또 심었어요

하나의 그림을 완성하는데
얼마나 많은 색이 필요할까요?
밤의 열망을 위해 빨강이,
내 절망을 색칠할 검정이 있으면 족하지

빨강과 검정을 다 써 버리고
한쪽 귀를 자른 남자는
더 이상 슬픈 소식을 듣지 않았을까요?

한 가지 기도로만 가득한 조각 하나를 집어 들면
어딘가 있을 마침맞은 자리를 찾고 또 찾았어요
밤을 새워서라도 우린 그 자리를 찾아야만 했어요

사라진 퍼즐 한 조각이 돌아와야
이 진눈깨비가 그칠 테니까요

*고흐의 그림

모놀로그

─애개개, 겉은 멀쩡한데 속이 텅 비었잖아

그렇군요! 내 속이 텅 빈 걸 오늘에야 알았네요
그날, 구럭 속에서 몸부림칠 때였을까요?
과자 상자처럼 포개져 흔들리던 깜깜한 밤길 때문일
까요?
세상을 향해 겁 없이 휘두르던 집게발도
얌전히 가슴에 얹혀 있어요
게거품 물어봐도 달라지는 건 없었죠

푸석거리는 톱밥이 내 놀이터
언제나 목이 마르지만
아침에 눈을 뜨면 화장을 해요
그건 내 마지막 자존심
푸른 하늘 한 조각 보려고
눈을 씻고 또 씻어요

거친 물살을 만나면 큰 돌을 안고 건너야 한다고
누군가 말해줬어요

빈속에 양껏 짠물을 들이켜고 눈을 감았죠
사흘 밤낮이 지나면 다시 하늘을 볼 수 있을까요?

마주친 눈길을 얼른 피하며 쫘아악, 내 등딱지를 잡
아떼는 당신

—미안해요. 속이 없어서……

장마를 건너는 방법

일기예보는 오늘도 비
당신은 무슨 비를 좋아하나요?

소낙비, 달구비, 여우비, 이슬비, 가랑비, 먼지잼
목이 빠지도록 기다려야 오는 목비도 있다는군요

비 이름을 찾다가 당신을 생각해요
비 내리는 가로수 길에서
비보다 먼저 촉촉해지던 당신

소낙비가 와요 이미 젖어 있는데,
질벅거리는 비의 커튼이
너무 두꺼워서, 눈앞이 캄캄해서
그럴 땐 그 자리에 가만히 서 있는 게 제일이죠
두 팔을 벌리고 잠시 가로수가 돼보는 거예요
소낙비는 빨리 지나가니까

젖은 마음은 빗물에 떠내려 보내요

꽉 다문 이가 딱딱 소리를 낼 때쯤
어느 자비하신 분이 둥근 난로를 내걸어요
그에게 다가가기만 하면
안이든 밖이든 젖은 것들은 금방 마르죠
늘 그랬어요

어제는 비, 오늘은 맑음
젖었다 말랐다 그렇게 살아요

죽은 사람은 모두 착하다

검은 흙이 며칠 두근거리더니
상사화가 삐죽, 얼굴을 내밀었다
녹아 흐르는 햇살이 망사 보자기를 짜고 있다

첫 아이, 새 학기 학용품을 점검하던 옆집 새댁이
허둥지둥 문구사로 뛰어간다

비바람 막아주고 꽃도 피워주고
열매까지 대신 맺어주고 싶어

기억은 군데군데 얼룩이 가득하다

재를 머리에 얹고 돌아온 날*
내가 할 수 있는 일은 먼지보다 적은데,

가스값 인상 소식을 들은
안방 보일러는 제풀에 도는 둥 마는 둥

기름값 아끼려다 먼지로 돌아간

태국인 부부가 뒤늦게 티브이 출연 중,
뒷짐 지고 어슬렁 걷는 품이
영판 우리네 아재 같다

—눈 씻고 봐도 버릴 게 없는 사람들이었는데……
되풀이되는 촌로의 전언이 슬프다

왜 죽은 사람들은 모두 착한지

먼 곳을 돌아 돌아온 영혼
남쪽 나라 상사화 등이 시리다

*재의 수요일 예식

환생

스투키 자리가 휑하네요
별도 얼어붙던 어느 밤
한 점 떨림도 없이 선 채로 얼음기둥이 되었어요

유리문 안엔 난로 불빛이 석류꽃보다 붉은데……

피가 얼음이 된다는 사실
붉어진 건 손바닥이 아니에요
든 자리는 몰라도 난 자리는 바람이 알죠

비를 맞으며
빈 토분에 샐비어 씨앗을 심어요
점액질의 피는 이제 샐비어가 되겠죠
붉게 꽃이 피고 꿀을 빨면
푸른 뿔의 기억들이 언뜻언뜻 되살아나겠지만,

아이들은 샐비어를 좋아해요
꿀 병에 꿀이 가득해도 샐비어 꽁무니를 빨죠
제가 빠는 것이 스투키의 주검이란 걸 까맣게 모르고

깔깔거리며 붉은 꽃잎을 빨겠죠

여름이 아직 한참 남아있는데,
꽃이 지면 무얼 심을지 아직 생각해 보지 않았지만,

무엇이든 심고 또, 들여다보겠지요

어머니의 분홍신

아스팔트에서 뜨거운 물집 잡힐 일도 없고
공원에서 개똥 밟고 투덜댈 일도 없는
분홍신 한 켤레가 침대 밑에 엎드려 있었다

발은 언제라도 침대 위에 머물렀으므로
분홍신은 때로 머리맡에 놓이거나
그녀의 가슴에 안겨 깊이 잠들기도 하였다

자갈길이나 가시밭길이라도 하루 종일
땀에 절어 걷고 싶은 거룩한 신이 있었다

그녀 평생 가장 곱고 폭신한 분홍신
오래 두어도 티끌 하나 묻지 않은

발은 언제나 허공중에 떠 있었고,
다소곳 엎드려 발을 기다리던 분홍신은
어느 해,
빈 절 같은 적막한 얼굴로

초이레 달을 타고 산 넘어가더니
다시는 돌아오지 않았다

슬픔의 빛깔

흐르고 멈추는 것이 눈물만은 아니어서
기차는 떠나고
남을 사람은 남고

철커덕 철커덕,
대처로 떠나지 못한 낮은 지붕들이
산타 막국수, 하이디 카페 따위의 낯선 이름표 달고
쭈뼛대며 서 있는
분천 산타마을 지나

한 무리의 쓸쓸한 슬레이트 지붕들이
미처 흙이 되지 못한 몸들을
삐딱하게 기대고 서 있는
양원마을 지나

여기저기 시간을 가두는 놀이가 한창인데

사잣밥을 싸 들고 밥벌이 나간 남자는
검은 흙이 되어 솔을 키우고

어미 등에 업힌 아이는 자라면서
손톱 밑이 까만 아비를 닮아갔다는 이야기가
탄가루처럼 떠다니는
황지천 거친 물살 이쪽과 저쪽

떠나는 것이 그의 일이었기에
기적도 없이 기차는 떠나고
졸래졸래 따라오는 까만 아이를 떼어놓느라
긴급 호출된 작은 버스는
돌아오는 내내 몸을 흔들었는데

캄캄한 심장 위에 초록 망토를 걸친
오월 태백,
초록도 슬픔이 된다는 것을 처음 알았다

기름 짜러 가는 여자

파란 소주병에 기름을 짜 나르던 한 사람이 있었어요

평생 고소한 마음을 넘치도록 담아 날랐는데요
기름진 공양을 철철이 받다 보면
꽁꽁, 병을 감싼 신문지에서
오래된 안부가 툭툭 떨어지기도 했는데,

하얀 깨꽃이 지고 또 피는 동안
올망졸망 매달린 이야기는 깨알만큼 많고 와자했지요

가래떡에 발라 한입 베어 물면
고소한 기억들이 쫀득쫀득 되살아나는데

때로는 기름병을 거꾸로 엎어 두어요
볼끈 짠 시래기를 도무지 달랠 길이 없네요
빨리 기름을 짜러 가야겠어요

뜨거운 무쇠솥에서
토독토독, 키대로 뛰어보지만

끝내 파사삭 부서지는 깻묵을 보면
기름 짜듯이, 살았단 말 이젠 알 것 같아요

파란 소주병만 보면 조물조물 나물을 무치고 싶어져요

당신 사무치는 날이면
아직도 기름 짜러 가는 못 말리는 여자가 있어요

그릇 이야기

   일찍이 생은 우리에게 그릇 하나씩을 안겨 주었다

   갓 빚어져 온전히 순결한 그릇
   간혹, 한 귀퉁이가 찌그러져 있다 해도 그릇은 그 자체로 이미 순결하였다

   채워도 이내 비고 마는 것이 그릇의 속성이라 옥그릇이든 질그릇이든 우리는 때맞춰 씻고 채우고 부시었으니 어느 사람은 욕심껏 흔들어 그릇을 채우기도 했으나 밑 빠진 그릇은 평생 채워도 가득해지지 않고 빈 그릇은 이내 꼬르륵 소리를 내는 것이었다 생의 많은 몸짓들이 그릇을 채우기 위함이었는데 아버지의 얇은 월급봉투가 담겼다가 사라지고 갯들의 노적가리나 과수원이 통째 소복이 담겨도 그릇은 이내 비워지고 더러는 그릇을 스스로 깨뜨려 버리는 사람도 있었으니

   너무 일찍 그릇을 거둬들인 생은 나비처럼 파르르 날개를 접고
   씻어져 말끔히 엎드린 그릇은

첫돌 지나 밥그릇을 엎지른 아이 무덤 같았다

산새가 울다간 뒤,
마가목 붉은 설움 알알이 박힌
밥그릇

한번 엎드린 뒤에는 다정한 그 이름도 햇볕 아래 하
얗게 바래어 갔다

이름을 버리다

클로리스*의 노여움은 풀리지 않아
꽃과 잎은 두 번 다시 만나지 못했다

거짓말 같은 참말이 있어
그리 서둘러 왔다 갈 건 뭔가
또 얼마나 기웃거리다 가려고,

창이 사라진 방은 동굴 같다
웅웅, 동굴 속에 또 동굴

나는 늙은 화가에게 잎 가운데 보랏빛 꽃잎을
함께 그려달라고 애원했다
꿈속에 상사화는 잎과 꽃이 같이 피어
그 이름을 버렸다

신도 어쩌지 못해 잠시, 우주가 눈을 감았다
무지개가 떴다 사라지고

어둠이 습자지처럼 투명해지는 시간

사라졌던 창들이 돌아오고
서둘러 마당귀에 쪼그리고 앉으면

무죄한 뜰은 천연덕스럽게 또 초록들을 뱉어내고

* 그리스 신화 속 꽃과 봄을 관장하는 신

암전

자리를 펴자, 그녀의 옹알이가 시작되었다

반찬 투정을 하거나
손거스러미 떨어진 자리를 호호 부는 낯선 모습에
둘러선 벽들이 쓸쓸히 웃었다

무료해진 빈집은 앞 뒷마당 빼곡히 풀을 키우는데,
봄이 와도 돌배나무엔 꽃이 피지 않고
돌담에는 구기자 열매가 저 혼자 붉었다

그녀가 자꾸 침대 쪽으로 기울어질 때
길들은 밖으로만 나돌고
여장부 그녀의 한 생은 속절없이 무너졌다

고장 난 티브이처럼 지지직거리는,
이제 아무도 그녀를 켜지 않았다

낮과 밤이 바뀔 때마다 어둠은 한 뼘씩 키를 늘이고

헐거워진 그녀, 생의 플러그가 빠지고

암전이다

불로不老

불로 고분군에서 걸어 나온 저 여자

한때,
천 길 벼랑 위에서 검은 속삭임 들었지
―한 발만 더 앞으로

그 아래 핀 꽃들
더 붉고 취할 듯 향기를 풍겨
한 발 내딛고 싶은 마음 없는 것도 아니었어

아무도 그립지 않다고
다 잊었노라고
새벽 창을 열어봐도
뒷덜미를 바투 잡고 놓지 않던 의문 하나 있었지

땀에 젖은 진득한 손 같기도 하고
사랑 가득한 목소리 같기도 한,
푸른 덩굴손이었는지
다시 돌아올 봄의 환상이었는지

고분은 천년토록 저렇게 묵언 중인데,
불로 오일장 모서리
손마디가 생강처럼 불거진 저 여자
염화시중의 미소를 날리고 있네

어치의 꿈

그곳은 어치의 울음터였다

울음의 명수인 그는
깍까악거리며 신나게 놀다가
휘파람 소리로 폼을 잡다가
어느 날은 꺼어억 꺼억 검은 비명을 토하기도 했다

때로는 실뜨기하듯
가로세로 얽힌 전깃줄이 잉잉거리며
함께 울어주기도 했는데
그들의 합주가 차라리 비장하기도 하여
일손을 멈추고 귀를 기울일 때도 있었다

안개 스멀스멀 차올라서
어디가 풀밭인지 하늘인지
걸어온 제 발자국조차 자취 없을 때
가슴에 새겨 넣은 나침반을 쪼아대며
저리 울어 헤매일 것이다

애초에 그도 어미에게 배운 대로 먼 산속
튼실한 참나무 위에 집을 짓고
새끼를 보듬어 키우고 싶었을 것이다
꿈틀하는 한 마리 벌레를 잡아
새끼의 배를 불리고 싶었을 것이다

전깃줄에 걸터앉은 어치의 꿈이
위태롭게 타전되고 있다

수묵水墨

내가 그 골짜기로 빨려 들어간 것은
순전히 는개 때문이었다

천만 가닥 비단실이
머리칼을 만지고 볼을 만지고 드디어
내 안까지 만져버렸다

산도화 분홍 입술은 점점 붉어지고
계곡에는 팔색조의 노래가 흩날렸다
내가 폭포 앞에 이르렀을 때 홀연,
는개는 안개가 되었고
하늘과 땅은 하나로 뭉쳐져
내가 산도화인지, 팔색조인지

하늘이거나 땅이거나
어떤 손이 나를 농담濃淡으로 이끌었는지
한 폭의 수묵담채
그만 길을 잃었다

나는 더듬더듬 앞으로 나아갔다
뽀얀 실커튼 사이로 불쑥 얼굴을 내민 산
─어디로 가십니까
─길을 잃었어요

누가 나를 돌려놓을 때까지
나는 그 골짜기에서 빠져나올 수 없었다

보물찾기
─유나의 기도*

    엄마, 아빠, 이제 우리의 소풍을 끝내려 하는가요 여긴 보물이 없다고요 난 아직 더 찾아보고 싶은데……, 더 있을 것 같은데 아, 제 눈에는 세상이 다 보물로 보여요 푸른 하늘도 그 아래 빨간 지붕도 그 위를 나는 새들, 아침마다 새롭게 피어나는 꽃들, 저게 보물이 아니라면 뭐라고 불러야 할까요?

    이제 바다에서 인어공주 놀이를 하자고요?

    잠사탕 하나를 건네며 엄마의 마지막 사랑이라고 혼잣말을 하시네요 그렇게 졸라도 안 주고 가끔 혼자 드시더니, 이걸 다 먹으면 정말 소풍이 끝날 것 같아서 조금씩 아껴 먹어요 어머니가 가만히 내 이름을 부르네요 목소리에서 검은 안개가 흘러나와요 저는 잠든 척했어요 사랑하는 엄마, 아빠! 번갈아 가며 제 머리카락을 쓰다듬는 손길이 느껴져요 다시 온몸을 만지네요 미처 챙겨주지 못하신 것, 꼬리지느러미가 생겼는지 확인하시는 건가요? 곧 생겨날 거예요 너무 걱정하지 마세요

그런데 엄마! 끝까지, 마스크를 쓰고 계시는군요. 어
둠도 부끄럽다고, 저는 그 말을 잘 알아듣지 못하지만
뭐, 그것쯤은, 엄마 마음대로 하세요. 한숨 자고 깨면 산
호숲에서 우리, 보물찾기해요. 제 기도가 물거품이 되
어 흩어진다 해도, 엄마! 아빠! 사랑해요

바다는 끝내 비밀을 누설하지 않았지만, 며칠이 지나자
비밀이 제 발로 걸어 나왔다

*부모에 의해 동반자살 당한 조유나(10)양. 완도 앞바다에 가라앉
은 승용차 속에서 발견됨

황태

덕장엔 북풍이 주인이다

용대리 골바람 온몸으로 그러안고
명태는 직립의 자세로 묵언 수행 중

바람은 언 살에 얼음 바늘을 찔러 넣는다

잡은 것을 놓아야
손이 빠지는 자루가 있다는데
명태는 속을 버리고 입까지 아, 벌렸다

시베리아의 낮과 밤이 차례로 갈마들었다

석 달 열흘,
별빛 풍경 죽비 삼아
마지막 한 방울 육즙마저 버렸을 때,

명태는 마침내,

한 소리를 얻었다

해탈, 이라는

허기

옥상 화분에 가지꽃이 피었다
보랏빛 가지가 가지가지 열리겠다는 약속이겠지

어머니는 어린 가지를 좋아하셨다
텃밭에서 뚝, 딴 가지를
손으로 쓱쓱 문질러 그 자리에서 드셨다

—왜 생가지를 드세요?
—응, 난 생가지가 맛있어

어머니는 먼 산을 바라보셨다

어른들 입맛이란 참,
나이 들어도 생가지 맛은
이해하기 힘든 복잡한 맛인데,

가지가지 매달린 자식들은
예쁘기도 하지만 부대끼기도 했을 터,

어느 날 생가지를 씹어보다가
아,
울음이 터진 적이 있었다

스톡홀름 증후군*

세한도 한 점 얻어 책상 위에 펼치다
백발 성성한 송백
푸른 눈빛에 잠시 머릴 조아리는데

아뿔싸!
서늘한 유리 아래 미리 좌정한 단풍잎
어느새 한 몸 되어 떨어질 줄 모른다
제 몸이 바스러지기 전에는 물러날 수 없다는
옹골찬 결기에 멈칫,
손을 거둘 수밖에

차가운 손도 마주 잡고 있으면 온기가 도는지

그날 스톡홀름의 가슴에
누구도 소리 낸 적 없는 말과
한 번도 마주한 적 없는 눈빛을 걸어

책상 모서리, 아득한 설원
끌로도 파낼 수 없는 붉은 낙관 하나

세한도 발문에 가필을 하고 말았다

*인질이 범인에게 동조하고 감화되는 비이성적 현상

야간 산행

홑이불 같은 어둠을 둘러쓴
산의 숨소리 울퉁불퉁하다

랜턴 불빛을 가로지르는 어린 생명들

비비새
산수국
웅크린 돌
발톱 세운 짐승

저 어둠 속에
젖은 눈빛들 살아있다

가시덤불 사이
정체를 알 수 없는 울음 하나 길게 찢어질 때
산은 부르르 몸서리친다

일찍이 독도법讀圖法을 익힌 바람이
젖은 곳을 찾아다니고

풀씨는 슬쩍 몸을 얹는다

—저 등성이만 넘자, 저 너머에는 불빛이……

새벽이 오는 기척
산은 다시 숨을 고른다

가출

산모퉁이를 돌아 논배미로 들어서는 초입에
그 둠벙이 있었다

개구리 맹꽁이 소리 무논에 들끓고
검정말이며 물수세미가
처녀 아이의 머리카락을 풀어놓은 듯
엉클어진 수면에는 지나가던 구름이 발을 담갔다

성실 언니가 언제 그곳에서 신발을 벗었는지
동네 사람 누구도 알지 못했다

타작마당의 콩처럼
소문의 갈기를 세운 말들이 동네를 뛰어다녔다
날이 희끄무레할 때쯤 누구랑 고개를 넘어가는 것을
본 사람이 있다고도 하고
열이레 달이 떠오를 때쯤 강 쪽으로
허위허위 걸어가는 것을 봤다는 사람도 있었다

청보리는 자맥질해 댔지만 아무도 눈여겨보지 않았다

보리누름이 돼서야 성실 언니는 둠벙에서 돌아왔고
그날 밤 가출한 정수 오빠는
두 번 다시 고향을 찾지 않았다

그 해
맹꽁이는 노래를 잃어버렸고
뻐꾸기 울음이
진종일 산마을을 오르내렸다

스케치

아이스커피 두 잔이 마주 앉아 있다
쌉쌀한 향기와 오래된 음악으로
찻집은 온통 갈색이다

쓴맛, 신맛, 고소한 맛
그녀는 온몸으로 카페인을 원해
하지만 이 커피는 너무 써

시선을 창밖에 꽂아두고 있는 남자
지나던 사람이 힐끗 고개를 돌렸지만
눈이 마주치지는 않았다

되돌아갈 수 없는 시간 속을 달리는 여자
금 간 유리처럼 쨍그랑,
둘의 시선이 부딪칠 때
필터에 걸러지지 못한 말들이
허공에서 길을 잃었다

얼음과 커피는 하나가 되었는데

한마디 말 위에 다른 말이 포개지고,
추적추적 어디에도 스며들지 못한
그녀의 이야기가 테이블 위에 내려앉는다

오래 참은 듯
유리잔 주변이 질펀하다

열두 폭 치마 그러안고

두부 장수가 지나가면 잠자던 골목의 하루가 열려요 계란찜을 하고 쌀 씻은 뜨물을 화분에 나눠주고 세탁기를 돌리고 마당을 쓸어요 일용할 푸른 양식들이 자라고 있는 옥상에 올라요 밥때가 됐으니 말간 물 한 바가지라도 멕여야죠

빨래를 널다가 사방을 둘러봐요 밤새 골목이 편안한지, 하늘도 한번 봐요 황사가 저리 극성이니 허공도 팔이 아프겠어요 품이 넓어 평생 팔이 아팠을 한 사람 생각이 나요 찢어진 기억의 회로엔 달랑 아내만 남아 어디든 치마꼬릴 잡고 따라다니고 있어요

한창 색을 자랑 중인 꽃밭을 들여다봐요 시시때때, 뭐 하나 내놓으라고 조르는데 지쳤는지 색색마다 무심하네요 사실 나도 무심으로 들여다볼 수 있으면 좋겠어요

아, 설거지하기 전에 전화할 곳이 생각났어요 첫 마디를 뭐라고 시작할지 난감하네요 지금쯤, 그녀가 살아갈 이유를 찾기나 했는지? 전화기를 붙잡고 같이 우는

건 이제 그만 할래요

　동동동동, 유치원 아이들과 약속 시간이 다가와요 페이스오프, 다섯 번 눈을 깜빡이고 입가엔 미소를 장착해요 젖은 머리를 흔들면 물기가 사방으로 튀어요 바람이 물기를 데려가는 속도는 두꺼비가 4차선 도로를 건너는 만큼이나 더디답니다

　아침이 젖고 있어요 목이 붓고 입에서 더운 김이 나네요 미사도 나흘이나 빠졌는데, 고해성사가 또 미뤄지네요 열두 폭 치마 그러안고, 무엇을 내려놓아야 할까요?

돌아오지 않는 강

한 사람 또 강을 건너가네
한번 가면 돌아오지 못한다는 말이 분분해도
기어이 그 강을 건너가네

이제 그는 어제에 속한 사람
최신 폰으로도 불러낼 수 없는

장미로 피어나기엔 이른 시간
검은 나무들이 강을 마주하고 섰네
서 있는 건 언젠가 눕기 마련이라고
더 나쁜 날은 없을 거라고, 놓아야 한다고
귀에 든 콩이 익네

빈 손바닥을 들여다보네
샛강 같은 실금에 파문이 이네
강이 출렁이고
달빛에도 하얗게 바래는 마음
총알택시로도 닿을 수 없는 아득한 그곳

남은 자들은 붉은 꽃잎을 뜯어 물에 띄우네

궁금해요
줄장미처럼 웃어 봐도, 화들짝 눈물이 고여 올 때
당신은 어떻게 견디는지요?

우리들의 보석상자

보석이라고는 평생 가져보지 못한 그녀
유일한 패물인 금붙이 몇 점이 어찌 된 셈인지
모두 구릿빛을 띠었다

어둠이 하늘 문을 열면 오색 빛 영롱하고
하늘에서, 앞 뒷산에서, 처마 밑 제비집에서 때론
알 수 없는 곳에서 들려오던 신비한 밤의 합주
그때쯤 방안엔 고물거리는 보석들이 가득했는데,

―자식들이 하나같이 머리에 관을 딱 쓰고 있으니
아지마이 노후는 탄탄할 끼라
토씨 하나 틀리지 않고 그 말을 전할 때
고른 잇속을 보이며 환하게 주름 짓던 그녀 또한
볕에 그을린 까만 보석이었다

손때 묻은 당사주책은 희망의 다른 이름
책을 보지 않아도 자식들은
관을 얹은 미래를 그릴 수 있게 되었지만
용한 점쟁이도 틀릴 때가 있는 법

불을 꺼도
하늘의 보석상자는 이제 흔적조차 희미한데
갖가지 이별에 애끓는 앰뷸런스만 소쩍새 피 울음 토하는,

도시의 찬 새벽에 나는 생각한다
모진 바람에 오래 시달리면
금도 구릿빛을 띠게 된다는 것을
나도 구릿빛 보석 중 하나가 아니었을까, 하고

을숙도 유감

며칠 아픈 신호를 보내던 차는
다행히 드러눕지 않았고
우리는 헝클어진 머리통을 헤집으며
모난 돌처럼 서로를 갈아댔다

익숙해질 시간도 없이 짠물과 민물이 번갈아
발치에 넘나들었다
섬들은 서로 부딪히지 않으려 발을 뻗대고
시베리아 흐린 하늘을 물고 날아온
고니와 청둥오리들이 회색 뻘밭을 뒤지고 있었다

온몸으로 살얼음을 녹이며
물질하는 새들 앞에서
우리는 왜 다른 곳을 보고 있었을까

바람의 눈빛으로 남은 갈대마저 쓰러져 눕고
저마다의 생각에 빠져
오리털 패딩의 지퍼를 올리자
우리는 각각 외딴섬이 되었다

백내장

댐 근처 마을은 사철 안개가 잦았다

박곡 마을 늙은 밤나무가 개울 너머
벼랑 밑으로 툭툭 알밤을 던지고
출렁, 안개가 잠시 품을 열어 그것을 감추고 있었다

삼 년에 하나씩 알토란같은 것들을 허방에 던져 넣고
길안댁 눈에는 덤붕 닮은 안개 늪이 생겼다
핏발선 잠 속에선 자주 늪에 빠져 허우적거렸다

물비늘 멀미 앓는 외진 골짝에 한 생이 흔들리며
—고것들 눈 반짝거리는 거 보고 살았는데……

홀몸이 막내딸이 중풍의 몸으로 팔순 노모를 찾았다
—평생 캄캄했지만, 인제 참말로 앞이 안 보이요

길안댁 손바닥에서 가랑잎 부서지는 소리가 났다

여시골 중턱까지 안개가 기어오르고 있었다

리본 찾기

여름날 오후는 저 혼자 부풀어
강가에 서면
우길 필요 없이 아름다운 날들이 흘러간다

너와 나의 대화는 소용돌이치는 물 위의 나뭇잎
오래 제자리를 맴돈다

산 위에서 우리, 등을 마주하고 있었던가
어긋난 풍경들이 바쁘게 지나가고
내 앞에 펼쳐진 호수의 햇살 한 가닥이
눈을 찔렀는지
나는 눈이 매웠다

울고 싶을 때 울지 않고 참으면
키가 한 뼘쯤 자란 듯한 기분이 들었다

저물어 가는 강가에 우두커니 앉아 있는 산,
산이 바람을 불러 리본을 흔든다

―애야, 길을 잃으면 노란 리본을 찾으렴

하루를 다 쓴 여름날이 책장을 덮자
산이 사라졌다

그믐이었다

붉은 잠

죽음과 주검 사이, 영문도 모른 채
지그재그로 일월이 왔다

찬바람 속 근근이 영근 꽃봉오리 쿵,
수직으로 떨어지고
삭풍에 힘겹게 매달려 있던 이파리 하나
허공에 빗금을 그으며 사라졌다

피 흘리는 가슴들에 살얼음이 얼고
대낮에도 흥건한 어둠

그림자 없는 사람이 막무가내 나를 끌고 간다
전깃불에 가끔 내 그림자를 확인하고
다시 눕는 밤

나는 지금 여기 없다
나는 지금 여기 있다

찢어진 잠의 틈새로

이마를 짚는 서늘한 손

—괜찮아, 조금만 참으면 다 지나간단다

이 또한 지나가리라는 말, 이미 익숙하지만
매번 새삼스러운 밤과 낮

유리 화병에 꽂은 꽃이 툭툭
떨어지며 달이 바뀌고 있었다

소리가 외출한 날

하굣길 아이들이 동전 같은
웃음을 굴리며 골목을 지나고 나면 그뿐,
시들어진 하루가 고개를 꺾는다

권태가 무릎걸음으로 당겨 앉는다
꽃 없는 꽃댕강나무가 댕댕……
하얀 종을 울리고
수다스럽던 단체 톡도 오늘따라 침묵 중

째깍째깍 고요가 깊어지고
짝사랑 들킨 사람처럼
노을이 붉어진 얼굴을 구름 뒤로 감추고 있다

외출한 대문 빗장 소리는 기척 없고
말라 오그라진 시간을 삶아 물에 우린다
풋풋한 계절의 기억이 울컥, 검은 물을 토해낸다
꼬이고 비틀어진 마음은 쉽사리 펴지지 않아
물을 갈아주며 오래 조물거린다

입술 불어터진 전화기는 어둠 속에 밀쳐 두고
둥글지 못하면서 둥근 척한 죄
오늘같이 심심해서 죽기 좋은 날

하릴없이 건강검진 날짜나 체크하고,

마이삭

매미의 부푼 등껍질 터지듯
태풍이 지나갔다

서슬 퍼런 바람이 과수원을 흔들고
밤새 해안의 창문을 두들기던 파도는
수족관 속 물고기를 바다로 데려갔지

밀쳐 둔 이불을 당겨 덮는 밤
머릿속엔 바다가 방생한 치어들이 고물거리는데

아이는 자라면서 가끔 잔병치레를 했다
크느라 그렇다 했지
달도 한 번씩 앓고 나서야 둥글어지듯

누가 많이 아픈지
풀벌레들이 밤새 심전도 그래프를 그리고 있다
진득하니 베갯머리에 달라붙는 저놈의
울음, 울음

여름을 휩쓸어 간 티크 나무 머리채
이 가을은 또 누구를 불러내어
붉어진 가슴을 내보이려는지……

설산을 오르다

슬리퍼를 신은 소년 짐꾼이 산을 오른다
신에게 닿는 길, 해발 삼천오백 미터

발가락 열 개를 산에 바친 아비는
가업을 잇는 아들에게 짐 싸는 요령을 일러주며
힐끗 카메라를 본다

키를 넘는 짐 덩어리 길은 외통수
바람은 쉼 없이 가슴으로 안겨 오는데
이건 양털이다, 구름이다, 어깨를 속이며
다리를 지탱하고 남은 의식으론 마니차*를 돌린다

신은 왜 이리 높은 곳에 사는가

대답이 궁한 설산은 구름 뒤로 몸을 숨기고
덜거덕 덜거덕, 맨발 같은 슬리퍼가
접지됐다 떨어지기를 반복하는 사이
산은 조금씩 키를 낮춘다

고기능성 트레킹화가 스치듯 지나가다
짐 꾸러미와 소년을 번갈아 보며 카메라를 들이댄다
―쯧쯧, 거의 맨발이군

잠시 돌아보다 비틀, 다시 바람 앞에 서는 짐
―괜찮아요. 당신도 나도 나중엔 다 맨발일 테죠

뜨신 방에서 시詩 나부랭이나 끄적이다가
설산을 따라 오르는 여자, 문득
맨발의 혁명가를 꿈꾼다

*티베트 불교에서 사용되는 도구. 원통형이며 내부에는 경문이
새겨져 있다.

붉은 망주석

바깥출입이 불편해진 후 방문을 걸어 잠그고 두문불출하던 그가 단풍나무 분재를 키우기 시작했어요

앵무새 부리 같은 연두 잎이 돋아나는 봄날이면 뼘가웃이나 될까 한, 동그란 분 옆에 오래 머무르곤 했는데 뿌리를 만질 땐 조심조심 직근直根을 살렸어요 글쎄, 분재에 직근이 무슨 소용이냐고 핀잔을 줘도 못 들은 척했다네요

빈 손바닥 같은 붉은 잎들이 천지에 가득한 날, 못 보던 무덤 하나 생겨나고 그 발치에 단풍나무 두 그루 어린 상주처럼 오도카니 서 있었는데요 순장이라고, 남겨진 사람들은 이참 저참 눈시울을 붉혔다지요

비바람 갈마들어 단풍나무는 어느새 천둥에도 끄떡없는 어엿한 망주석이 되었어요 때맞춰 무덤 위에 서늘한 그늘막을 만들어 주기도 하고 실바람 살랑대는 저녁이면 도란도란 옛 얘기를 들려주기도 했다는데,

띠집 위로 푸른 인광이 어리더니 어디론가 휘이휘이 사라진 어느 밤, 뒤꿈치를 한껏 치켜든 망주석이 늦도록 산 아랫마을을 지켜보다가 구름에 갇힌 달을 불러내려고 천 개의 붉은 손을 흔들고 있었다고 하네요

흐린 날 펼쳐보는 낡은 수첩 하나

누렇게 빛바랜 종이
까맣게 올려다보는 이름들
수인처럼 숫자 몇 개씩 달고 있다

편리한 휴대폰으로 냉큼 이사한 이름도 있지만
선택받지 못한 몇몇 이름 낯빛이 쓸쓸하다

이제는 남의 것이 된 옛집의 관리사무실 전화번호
밀양, 월촌, 호반 따위의
어느 날 문득 발길이 끊긴 밥집 이름들
이성하?
기억도 희미한 이 사람의
계좌번호가 왜 필요했을까

가끔 애인처럼 네가 보고 싶다던
눈 맑은 친구는 몇 해째 소식이 없다
아직은 서로 사금파리 같은 이름
초승달 파란 밤이면 그도 내 이름 부를까

탄생석 오팔, 수호성 금성……
마음으로만 부르는 이름도 있다

낡은 수첩을 다시 서랍에 넣는다
긴긴 밤, 시린 손 비비며 함께 떠나갈
나의 타임머신

사랑인 사람의 길 걷기

이 태 수 (시인)

사랑인 사람의 길 걷기

이 태 수 (시인)

ⅰ) 이희명 시인은 사랑을 받들고 갈망하며 기다리는 사람이면서, 사랑이 곧 사람이라는 인식에서 출발하는 '존재의 언어' 탐구자다. 삶의 오랜 연륜이 쌓인 뒤 '존재의 집'(시詩) 짓기에 들어섰지만, 마음자리를 조신하게 낮추면서도 사랑으로 귀결되는 삶을 치열하게 지향하는 시편들은 감성과 언어 감각이 예민하고 섬세한 서정抒情의 옷을 입은 그 도정道程의 음영들이 교차하는 서사敍事를 다채롭게 떠올린다.

하지만 이 풍진세상을 살아야 하는 여성으로서는 아픔과 상실감에서 자유롭지 않고 받들며 참고 기다리는 사랑의 길 위에서 때로는 길항拮抗하는 마음과도 마주치지만 순응과 비애의 긍정적 변용, 겸허한 내려놓기의 자성自省으로 나아가는 결기를 내비치기도 한다.

언어의 흐름이 활달하고 유장하면서도 미세한 기미들까지 첨예한 감각으로 포착하면서 특유의 발랄한 발상과 감성적 사유로 감싸 떠올리는 은유隱喩의 결과 무늬들이 매력적이다. 또한 우주와 거시적인 자연 현상을 내면으로 끌어들여 미시적 심상心象 풍경으로 변용하는 감정이입과 투사 기법도 시적 개성을 두드러져 보이게 한다.

ⅱ) 눈이 밝아지면 모든 사물이 그 이전보다 더 또렷하게 보이는 건 당연하다. 그러나 더욱 선명하게 보인다고 순기능順機能만 증폭시켜 주지는 않는다. 눈이 흐려서 제대로 보지 못하던 것들 역시 환하게 보이므로 그렇지 않은 기능도 강화되게 마련이다. 시인은 시각적(감각적)인 눈으로만 사물이나 현상을 바라보는 데 그치지 않고 그 차원을 넘어선 사유와 '마음눈'으로 그 이면까지 깊이 들여다보기 때문에 더욱 그럴 수 있다.

눈동자를 바꿨다

오, 눈부신 세상

노랑나비 날개 끝에 엉킨 하얀 비애
세상이 환해져 작은 얼룩도 또렷이 보인다

타박타박, 맨발로 저문 강둑을 걷는 사람아

어젯밤엔

꿈길까지 환해져

한때 흐릿하던

그대 뒷모습도 또렷하게 보였다

　　　　　　—「눈부신 비애」 전문

　역설적逆說的인 뉘앙스의 제목을 달고 있는 이 시에서 화자는 눈 수술을 하고 나니 세상이 환하게 보여 감탄할 정도로 눈부시지만, 비애와 얼룩 등 그 눈부심의 또 다른 이면이 마음눈에 환히 보인다는 사실을 극대화해 떠올린다. 밝아진 마음눈은 움직이는 노란빛에 얹힌 하얀 비애, 환하므로 또렷하게 보이는 작은 얼룩, 그 근원을 시사示唆하는 상실의 비애까지 선명하게 되살려 반추하게 한다.

　게다가 눈이 밝아진 뒤에는 꿈길까지 환해져서 "맨발로 저문 강둑을 걷는 사람"(헤어진 사람)의 한때 흐릿하던 "뒷모습도 또렷하게 보였다"는 대목이 말해주듯이, 잊혀가던 상실의 비애가 꿈길에서조차 또렷하게 보인다는 사실을 환기喚起한다. 밝아진 눈은 세상을 눈부시게 바라보게 하면서도 그 이면의 뒷모습까지 보이는 비애를 되살아나게 함으로써 '눈부신 세상=눈부신 비애'라는 등식도 낳게 한다.

하지만 시인은 「피망과 파프리카를 잘 구별하지 못해요」라는 시에서 자신의 마음눈이 밝지 않다고 자성하고 있어 그 까닭을 들여다보게 한다. 이 역시 다분히 역설적이지만, 진정성을 담보로 언어유희를 하는 것 같으면서도 내밀한 심중心中을 내비치면서 시적 묘미를 증폭시킨다.

일찍이 소크라테스는 '무지無知의 지知'를 설파했다. 자신이 잘 모른다는 사실을 안다는 것이 얼마나 중요한가를 일깨워 주는 이 말은 소크라테스의 철학을 특징짓는 핵이다. 학자나 현자들이 안다고 생각하는 정도의 앎은 유일한 절대지絶對知의 존재인 신神에 비하면 그 수준이 '없음'에 가깝다는 소크라테스의 이 말은 인간의 무지를 인간 자신이 알아차리는 것, 즉 '너 자신을 알라'라는 뜻을 담고 있다.

나이 들어도 모르는 게 많아요 홍옥 홍로 부사 이름을 잘 몰라서 그냥 사과라고 불러요 좀 더 다정하게 불러주면 좋을 것을요 설탕과 소금도 헷갈려서 말썽이지요 이해와 오해도 자주 혼동해요 사람인 줄 알았는데 사랑이라고 하네요

사람과 사랑, 같은 말 아닌가요? 저기 사랑이 걸어오고 있어요 사랑이 쌓여서 사람이 되었어요 사랑이 없었다면 어찌 제 가슴이 이리 아프겠어요 눈물이 나네요 붉어진 가을 입술을 씻어 내리는 저 빗소리

굴러 내리며 뒹굴며 저도 우나 봐요 대낮에 가슴을 후벼 파더라고요

　나이 들어 모르는 게 많아서 행복해요 사람인지 사랑인지 좀 모르면 어때요 피망도 맛있기만 한 걸요 당신이 좋은 사람인지 나쁜 사람인지 오래 생각했어요

　이젠 생강할래요 꿀 한 스푼 넣으니 알싸하고 이리 개운한걸요
　사람해요! 당신
　　　　─「피망과 파프리카를 잘 구별하지 못해요」 전문

　이 시의 첫 연에서 시인은 경험이 오래 쌓였음에도 '사과'의 종류를 구분하지 못해 구체적인 이름을 다정하게 불러주지 못하고, 겉모양이 비슷한 '설탕'과 '소금', 뜻이 정반대인 '이해'와 '오해', 발음과 본질이 비슷한 '사람'과 '사랑'이라는 말이 헷갈리거나 혼동하게 하며 잘못 알고 있는 경우도 있다고 한다. 자신이 잘 모른다는 사실을 잘 알고 있다고 말하는 셈이다.
　하지만 둘째 연에서는 '사람'과 '사랑'에만 무게중심을 두면서 그 함수관계에 천착穿鑿한다. '사람=사랑'이라는 등식으로 '사랑'이 쌓인 '사람'인 화자가 '사랑' 때문에 가슴 아프고 눈물이 나며 울게 되고 대낮에 가슴 후벼 파이게도 된다고 토로하기에 이른다. 첫 연에서의 '모름'이 '앎'으로 환치換置되는 건 비애에 대한 '마음눈'

의 밝음 때문이기도 하고, '사랑'에 대한 절절함의 소산이기도 할 것이다.

이어서 셋째 연에서는 소크라테스가 적시摘示한 '절대지'보다는 인간의 차원으로 돌아와 '무지'에 오히려 행복(위안)을 느끼게 된다는 반전反轉을 통해 오래 생각했으면서도 판단유보로 회귀해 보기도 한다. "나이 들어 모르는 게 많아서 행복해요"라는 고백은 아는 것을 모르는 척 살고 싶다는 역설로도 보인다.

마침표를 모두 빼버린 줄글로 된 이 시는 마지막 연에서만 줄 갈이를 하는 형식의 변화를 꾀하는가 하면, '생각'을 '생강'으로 '사랑'을 '사람'으로 바꿔놓는 다분히 '의도되고 긴장된 언어유희'로 첨예한 언어 감각이 반영된 '알싸하고 개운한' 시적 묘미를 떠올려 보인다.

그러나 시인은 시작詩作 과정을 통해 자신의 말(하이데거에 따르자면 '존재의 언어')을 동물인 말에 비유하면서 '비루먹었다'고 극도로 비하한다. "펄펄 뛰는 야생의 말 한 마리 들이고 싶다고/밤마다 소원"(「말들의 세계」)하지만 "비루먹은 말 한 마리"(같은 시)를 얻게 된다고 자탄自歎한다. 시가 '존재의 집'이라는 하이데거의 말에 공감해서 그런지 모르지만, 그 "말귀를 잡아당겨 두 눈을 들여다보다가/동실한 엉덩이를 쓰다듬어 보다가/채찍을 휘둘러 봐도/거랑말코 같은 말은 도대체 움직일 생각이 없"음을 알게 된다.

게다가 앞서 달린 말들의 발자국 따라 걷다가 "까무룩, 풋잠 속을 다녀와도/말은 아직도 제자리걸음 중"(같은 시)일 뿐이라고 존재의 집 짓기(시 쓰기)의 어려움을 비유의 언어로 그려 보인다. 그래서 "새벽까지 어스름 허공에다/ㅅ, ㅅ자를 새기고 선 겨울나무/바닥엔 날아오르지 못한 파지만 쌓여"(같은 시) 간다는 안타까움에 빠지게도 되지만, 이 안타까움은 더 나은 삶 꿈꾸기로써의 시 쓰기, 존재의 언어로 현실 너머의 이상적인 존재의 집 짓기에의 열망이 얼마나 절실한가도 방증傍證한다.

　애써 그 무거움을 가벼움으로 바꾸어 들여다보아도 그런 사정은 별반 달라지지 않는다. 「한낮의 농담」에서는 "바람으로 버무린 작고 뽀송한 깃털 공"에 착안하면서 "날고 싶어/바람의 장난기에 가볍게 장단을 맞춰보지만/이내 슬그머니 내려앉"고 만다는 것이다. 농담 속에 진담을 다져 넣은 듯한 이 시에서는 "어라,/바람 등에 슬쩍 올라탄 깃털 공이 거미줄에 딱 걸렸네"라며 '깃털 공'은 당초 이름이 잘못 지어졌으며, 가볍다고 다 자유로운 건 아니라는 느낌과도 마주치게 된다.

　시인이 오죽하면 "순식간에 찢어져 펄럭거리는 허공"을 목도目睹하더라도 "탁류에 굴러떨어진 바윗돌이 물길을 바꾸듯/거꾸로 매달려 얼굴 붉어진 홍시가/까마귀 기침 한 번에 철퍼덕,/길바닥으로 뛰어내리듯"이, "가끔은/용천수처럼 재채기를 토해내고 싶을 때가 있"(『재채기 변주곡』)다고 하겠는가.

이 시에서 또한 간과할 수 없는 대목은 앞의 시에서 '사랑'과 '사람'을 하나로 바라보는 것과는 달리 '사랑'과 '재채기'를 하나로 들여다보면서 "참아도 참아도 튀어나올 당신의 사랑을 기다릴게/손금에서 흐른 물이 바위를 뚫을 때까지"라며, '사랑'을 거의 불가능하더라도 기다린다는 구절이다.

iii) 시인은 존재의 언어와 존재의 집을 갈망하는 언어의 탐구자이면서 범상한 일상을 살아가는 여성이다. 시 「관전자」에서 그리고 있듯이, 아침 풍경을 "소리들이 폭발한다"고 전장戰場처럼 여길 정도로 바삐 돌아가는 세상의 역동성을 "운전석 사내의 엉덩이가 뛰고/바퀴 달린 아이가 뛰어들고/하이힐의 여자도 뛴다/부르릉, 아스팔트가 휘청거린다"고 바라보고 있으며, "2.5톤 트럭은 달랑 아침노을 한 자락 싣고" 가는 정반대의 모습도 바라보지만, "밥벌이의 기억이 희미한 관전자"의 자리로 밀려난 채 관망한다.

물론 화자의 내면에는 관전자로서의 시선과는 다르게 복합적으로 길항하고 갈등하는 마음이 없는 건 아니다. "서랍을 열면 단절과 절망, 포기와 증오 따위의 날선 단어들이 툭툭 떨어져 내"(『발화』)리고, "가슴 위에 돌덩이 하나 얹"히며 "벌새의 날개는 아직도/유리 상자 속

에서 파닥거리고 있"(『압화』)다는 압박감에서도 자유롭
지 않다. 이 같은 압박감과 박탈감은 극단적으로 자유
를 구가하려는 일탈(낙하落下)의 절정을 향해 꿈꾸게도
한다.

> 가슴에 모두 몇 개씩 돌덩이를 안고 끝없이 달려
> 델마와 루이스처럼
> 절정의 꽃잎이 속절없이 제 몸을 바닥에 던지듯
> 절벽 아래로 낙하하기를 바랐다
>
> (중략)
>
> 한 무리의 젊은이들이 서핑을 즐기며
> 홍해 바다를 건넌다
> 물결에 피어올랐다 잠기는 꽃잎, 꽃잎들
>
> 바다는 스스로 가슴을 열고 또 닫으며
> 찢고 소리쳤다
> 소화되지 못한 응어리들을 꾸역꾸역 토해내며
> 긴 꼬리를 흔들어 하늘과 바다의 경계를 지웠다
>
> 돌덩이들이 파도 위에 꽃잎처럼 팔랑거렸다
> ──「낙화」 부분

시인은 이 시에서 자유의 화신化身과도 같은 영화 속의 두 여성 델마와 루이스, 파도치는 바다에서 서핑을 즐기는 젊은이들을, 그 정황과 빛깔은 사뭇 다르지만, 절정의 꽃잎들로 승화시켜 바라본다. 나아가 자유 그대로인 바다의 원시성과 역동적인 생명력으로 하늘과의 경계마저 지운 파도 위에 자신이 안고 갔던 '내면의 돌덩이들'도 그 꽃잎들처럼 떨어져 팔랑거리는 모습을 바라보는 환상에 젖게 되기도 한다.

하지만 가정에 충실한 일상 속의 여성으로서는 그 갑갑하고 혼란스러운 일상이 "법전法典처럼 복잡하다가/토목 전문 서적처럼 재미없다가/통속 소설인가 하면/철학 서적처럼 난해하고/때로는 불량 만화책처럼 유치"(「오독」)하게 여겨질 때도 없지 않다. 그러나 그런 느낌들은 죄다 오독이라면서 현실적인 삶에 따스하고 너그럽게 순응하는 모습으로 돌아온다. 「열두 폭 치마 그러안고」는 그런 마음자리를 예민하고 섬세한 언어 감각과 비유적인 언어로 가감 없이 떠올려 보이는 시다.

두부 장수가 지나가면 잠자던 골목의 하루가 열려요 계란찜을 하고 쌀 씻은 뜨물을 화분에 나눠주고 세탁기를 돌리고 마당을 쓸어요 일용할 푸른 양식들이 자라고 있는 옥상에 올라요 밥때가 됐으니 말간 물 한 바가지라도 멕여야죠

빨래를 널다가 사방을 둘러봐요 밤새 골목이 편안한지, 하늘도 한 번 봐요 황사가 저리 극성이니 허공도 팔이 아프겠어요 품이 넓어 평생 팔이 아팠을 한 사람 생각이 나요 찢어진 기억의 회로엔 달랑 아내만 남아 어디든 치마꼬릴 잡고 따라다니고 있어요

한창 색을 자랑 중인 꽃밭을 들여다봐요 시시때때, 뭐하나 내놓으라고 조르는데 지쳤는지 색색마다 무심하네요 사실 나도 무심으로 들여다볼 수 있으면 좋겠어요

아, 설거지하기 전에 전화할 곳이 생각났어요 첫 마디를 뭐라고 시작할지 난감하네요 지금쯤, 그녀가 살아갈 이유를 찾기나 했는지? 전화기를 붙잡고 같이 우는 건 이제 그만 할래요

동동동동, 유치원 아이들과 약속 시간이 다가와요 페이스오프, 다섯 번 눈을 깜빡이고 입가엔 미소를 장착해요 젖은 머리를 흔들면 물기가 사방으로 튀어요 바람이 물기를 데려가는 속도는 두꺼비가 4차선 도로를 건너는 만큼이나 더디답니다

아침이 젖고 있어요 목이 붓고 입에서 더운 김이 나네요 미사도 나흘이나 빠졌는데, 고해성사가 또 미뤄지네요 열두 폭 치마 그러안고, 무엇을 내려놓아야 할까요?
—「열두 폭 치마 그러안고」 전문

아침 일정을 촘촘하게 떠올려 보이는 이 시는 이른 아침부터 한동안 일상적으로 하는 일들을 그리는 데 그치지 않고 미묘한 마음의 움직임들까지 포개어 내비치는 내면 떠올리기로도 읽히게 하며, 하루를 출발하는 자신 안팎의 모습을 다각적으로 보여준다.

아침 식사 준비와 빨래, 집 청소 등을 하는 짬짬이 화분과 옥상에서 가꾸는 작물들을 돌보는가 하면, 이웃들에 대한 자상한 배려와 오염되는 기상에 대한 우려, 먼저 떠난 사람에 대한 애증愛憎의 회상, 꽃밭이 환기해 주는 자신 들여다보기로도 이어진다.

특히 애환을 함께해 온 가까운 사람과도 "전화기를 붙잡고 같이 우는 건 이제 그만할래요"라든가 "다섯 번 눈을 깜빡이고 입가엔 미소를 장착해요"라는 구절, "미사도 나흘이나 빠졌는데, 고해성사가 또 미뤄지네요 열두 폭 치마 그러안고, 무엇을 내려놓아야 할까요?"라는 대목은 겸허한 내려놓기의 미덕을 읽게 한다. 비애의 긍정적 변용, 겸허한 내려놓기의 자성은 이 시인의 애틋한 덕목이 아닐 수 없다.

자신이 만들어 아침 밥상에 올리는 계란찜에 대해서는 각별한 의미가 부여되는 까닭은 '왜'일까. 시인에게는 아침 밥상의 계란찜이 아침을 연다고까지 역할을 부여하고 있지 않은가. 아무튼 「명랑한 계란찜」도 언어의 묘미를 극대화하면서 시인이 첨예한 감성과 지혜로 미각을 돋군 계란찜의 맛과 같은 아침을 열어 보이는 시다.

아침을 여는 데는 계란찜이 필요해요

(중략)

한사코 노른자 뒤로 숨는 알끈을 떼어내고
호동그란 시선을 피해
깐깐한 새우젓 한 꼬집, 명란 한 도막을 넣어 휘저으면
계란찜은 금방 명랑해집니다
참, 매콤한 파 다짐 약간 추가요

(중략)

우리들의 말랑한 식탁이 완성되고
닭이 울지 않아 고층아파트 뒤편에서 머뭇거리던
아침이 후다닥 달려옵니다
—「명랑한 계란찜」 부분

시인이 요리한 계란찜은 알끈을 떼어내고 새우젓과 명란, 파 다짐을 가미함으로써 마침내 말랑한 아침 식탁이 완성되고, 그 맛이 머뭇거리던 아침을 후다닥 달

려오게 한다는 발상이 돋보이며, 시인이 연출하는 명랑한 아침이 신선하게 다가오게도 한다.

시인의 이 같은 첨예한 감성과 언어 감각은 "때로는 잃어버린 기억들이 시곗바늘을 돌려놓고/볕 좋은 마루에 뒹굴고 있지//오래된 기억의 겉장을 훅 불면/푸드덕 날아가는 되새 떼"(「기억의 먼지」)나 "이리저리 하릴없이 쏘다니는 바람 앞에/한철 뜨겁던 것들이 조용히 무릎을 꿇는다"(「환절기」)는 묘사, "고미술상 앞 돌확에 꽃 진 수련이 여름의 허물인 양 둥둥 떠 있고 방금 시동이 꺼진 자동차를 지붕 삼아 길냥이 한 마리 길게 몸을 늘입니다 어디서 스윽, 한 줄기 소슬바람이 대문 안으로 따라 들어옵니다"(「처서 무렵」)라는 아름다운 표현을 낳게도 하는 게 아닐까.

iv) 시인의 어머니를 향한 그리움과 연민憐憫은 다채로운 빛깔을 띠고 있다. 「어머니의 분홍신」에서 "어느 해,/빈 절 같은 적막한 얼굴로/초이레 달을 타고 산 넘어가더니/다시는 돌아오지 않"는 어머니가 남긴 분홍신을 "발은 언제나 허공중에 떠 있었고,/다소곳 엎드려 발을 기다리던" 신이었지만 "자갈길이나 가시밭길이라도 하루 종일/땀에 절어 걷고 싶은 거룩한 신"이라고 여길 정도이며, 「참싸리꽃」에서는 어머니를 참싸리꽃에 비유하면서

얼룩 한 점 없는 무명 앞치마

푸른 하늘 아래 붉게 들어 올린
저 불립문자

(중략)

이웃한 자귀나무 잎잎이 무성해도,
더는 흐드러지지 말자고
너는 참 단정히 웃었다
　　　　　　　　　　—「참싸리꽃」부분

라고 그리고 있다. 참싸리꽃이 어머니의 무명 앞치마로
보이기도 하고, 다시 어머니로 바꿔 바라보는가 하면,
붉게 들어 올린 불립문자不立文字로 받들고, 지극히 단
정히 웃는 모습으로도 묘사한다.
　　또한「돌배나무엔 꽃구름 하얗게 피어나고—기일」에
서는 어머니의 손가락이 호미가 되고, 그 호미 닮은 초
승달이 배꽃 가지에 걸리면 어머니의 음성이 달빛 버무
려져 귓속에 남아 있는 것으로 묘사하며, 어머니에 대
한 애틋한 연민을 '돌배나무꽃=하얀 꽃구름'으로 형상
화한다.

―야들아, 어째 잠만 자노
나와서 저 꽃 좀 봐라

달빛 버무린 음성 그대로 귓속에 남았는데

당신 떠나신 그날처럼
돌배나무엔 하얀 꽃구름 무심히 피어나고

―어머니, 어째 잠만 주무세요
나와서 저 꽃 좀 보세요
　　　　―「돌배나무엔 꽃구름 하얗게 피어나고―기일」 부분

　이 시에서는 어머니가 생전에 자식들에게 "달빛에
버무린 음성"으로 잠 깨어 밤에 핀 돌배나무꽃을 보라
고 한 기억이 생생한 기일 밤에는 어머니가 세상을 떠
날 때처럼 꽃구름같이 하얗게 피어난 돌배나무꽃을 저
승의 어머니가 볼 수 있기를 기구祈求하는 마음이 애틋
하게 저며 있다.
　생전의 어머니처럼 기름(참기름)을 짜러 가면서 "평생
고소한 마음을 넘치도록" 담아 "파란 소주병에 기름을
짜 나르던" 어머니를 회상하는 「기름 짜러 가는 여자」는
기름이 촉발하는 그리움의 정서를 그 고소한 맛처럼,
헤아릴 수 없이 많은 깨알처럼 소환하기도 한다.

가래떡에 발라 한입 베어 물면
고소한 기억들이 쫀득쫀득 되살아나는데

(중략)

빨리 기름을 짜러 가야겠어요

뜨거운 무쇠솥에서
토독토독, 키대로 뛰어보지만
끝내 파사삭 부서지는 깻묵을 보면
기름 짜듯이, 살았단 말 이젠 알 것 같아요

파란 소주병만 보면 조물조물 나물을 무치고 싶어져요

당신 사무치는 날이면
아직도 기름 짜러 가는 못 말리는 여자가 있어요
　　　　　　　　―「기름 짜러 가는 여자」 부분

　기름을 짜듯이 살았다는 어머니의 말을 깨달은 화자
는 어머니가 사무치게 그리운 날이면 못 말릴 정도로
어머니처럼 기름을 짜러 가는 여자가 되며, 어머니가
기름 짜서 담아 두곤 했던 빛깔의 소주병만 봐도 기름

으로 나물을 무치고 싶어지기도 한다니 그 사모思慕의 심경을 어디에 더 비길 수 있으랴.

사람은 한번 떠나면 다시 돌아오지 못한다. '회자정리會者定離'라는 말이 사람들에게 회자되고 있지만, 다분히 자기 위무적慰撫的인 말이 아닐는지. 그래서 인간은 이별을 아파하고 안타까워하며 그리움에 젖게 마련이다. 시인은 떠난 사람이 간 곳에 대해 "이제 그는 어제에 속한 사람/최신 폰으로도 불러낼 수 없는/(중략)/총알택시로도 닿을 수 없는 아득한 그곳"이라며 "남은 자들은 붉은 꽃잎을 뜯어 물에 띄우네"(『돌아오지 않는 강』)라고 노래한다.

더욱이 남은 사람에게는 풋풋한 자연의 생명력마저 마음자리에 따라서는 비애의 빛깔을 안겨주기도 한다. 시인이 "캄캄한 심장 위에 초록 망토를 걸친/오월 태백,/초록도 슬픔이 된다는 것을 처음 알았다"(『슬픔의 빛깔』)고 하는 까닭도 그 때문일 것이다. 하지만 생성과 소멸은 어쩔 수 없는 우주 질서이며, 대지의 여신(가이아) 앞에서의 인간에겐 피할 수 없는 숙명이요 운명이다. 사족이 필요 없을 것 같은 시 「발리를 끄다」는 이 같은 깨달음의 세계를 아름답게 떠올려 보인다.

한 손으로 꽃을 피우고
한 손으로 죽은 새를 바람에 묻는 일은

가이아의 오래된 시간표

그 섬에는 대지의 신을 위해
소등하는 날이 있다

부드러운 어둠이 섬을 덮자
바다에는 불 켜진 하늘이 흐른다

까치와 까마귀 다리를 놓던 그 강물
폭포 되어 바다로 쏟아지는데
앞바다 물마루는 은하 기슭에서 철썩인다

침묵의 씨앗 비로소 싹이 터
기도를 낳고,
침묵을 낳고,
대지의 자녀들이 오롯이 하나 되는 밤

이윽고
사람과 섬과 바다의 어깨가 나란해졌다
　　　　　　　　　—「발리를 *끄다*」 전문

　ⅴ) 이희명의 시는 대체로 서사적 서정의 빛깔을 띠
고 있으며, 언어의 흐름이 유장하고 활달하기도 하지

만, 다른 한편으로는 시각적 이미지와 청각적 이미지가 교차하거나 서로 포개지는 묘미를 거느리고, 미세한 기미들까지도 첨예한 감각으로 포착하면서 은유의 옷을 입히는 감성적인 사유가 돋보인다.

「야간 산행」에서는 밤중에 랜턴을 켜고 산을 오르며 "홑이불 같은 어둠을 둘러쓴/산의 숨소리 울퉁불퉁하다"든가 불빛에 비치는 어둠 속의 비비새, 산수국 등의 어린 생명들과 웅크린 돌, 발톱 세운 짐승의 젖은 눈빛들이 살아있다고 그리고 있다. 이 시에서 '홑이불 같은 어둠'이라는 시각적 이미지, '울퉁불퉁한 산의 숨소리'라는 청각적 이미지의 시각화視覺化는 시인의 감각이 얼마나 첨예한가를 단적으로 말한다.

그뿐만 아니라 "가시덤불 사이/정체를 알 수 없는 울음"에 "산은 부르르 몸서리친다"든가 젖은 곳을 찾아다니는 바람이 독도법讀圖法을 익혔다는 표현, 바람 따라 그 젖은 곳에 "풀씨는 슬쩍 몸을 얹는다"거나 "새벽이 오는 기척/산은 다시 숨을 고른다"는 미세한 기미의 포착은 시적 묘미를 한결 돋구어 준다.

시인은 민첩한 계절 감각을 지니고 있으며 자연의 미세한 변화에도 민감하게 반응하면서 그 느낌들을 인간의 문제로 끌어당겨 바라보는 예리한 성찰省察의 눈도 두드러져 보인다. 「한로」는 한로 무렵에 옥상에서 가꾼 고추들을 수확하면서 다양한 용도를 생각하다가도 말썽부려 고춧대같이 여윈 아우(남동생일까)의 발목에 연민을 포개는 쪽으로 방향이 바뀌어 있다.

이룽이다룽이 감당이 어려운 뿌리를 도와
말없이,
죽자고 열매를 길러내던 아우야

고춧대 같은 네 발목이 말썽이라는데
한 번 만져주지도 못하고

슬픔 두 큰술을 찬밥에 비볐다
　　　　　　　　　　　　　―「한로」 부분

　부모를 필사적으로 돕느라 건강을 해친 아우를 제대로 돌보지 못한 아쉬움을 "슬픔 두 큰술을 찬밥에 비볐다"고 하는 마음자리와 그 은유가 따뜻하게 반짝이고 있지 않은가. 진눈깨비 흩날리는 거리를 바라보며 "빨강과 검정을 다 써 버리고/한쪽 귀를 자른" 가난한 화가 고흐의 그림 '밤의 카페테라스'를 떠올리며 "어딘가 있을 마침맞은 자리를 찾고 또 찾았어요/밤을 새워서라도 우린 그 자리를 찾아야만 했어요//사라진 퍼즐 한 조각이 돌아와야/이 진눈깨비가 그칠 테니까요"라고 읊은 「퍼즐 맞추기」도 비슷한 맥락의 시다.

폭우 쏟아지면 비가 새다가 내려앉은 낡은 지붕을 생각하며 "움파 노릇한 황탯국이 서늘히 식어가고" 새로 인 지붕들이 하얀 볕에 젖은 등을 말리는 장면을 그리고 있는「지붕」역시 이 시인의 그런 개성을 발휘하고 있는 작품이며,「리본 찾기」와「이름을 버리다」는 이 시인의 또 다른 재능을 보여주는 상징象徵과 이미지 비약의 기법을 구사한 시로 읽힌다.

저물어 가는 강가에 우두커니 앉아 있는 산,
산이 바람을 불러 리본을 흔든다

─애야, 길을 잃으면 노란 리본을 찾으렴

하루를 다 쓴 여름날이 책장을 덮자
산이 사라졌다

그믐이었다
                              ─「리본 찾기」부분

신도 어쩌지 못해 잠시, 우주가 눈을 감았다

무지개가 떴다 사라지고

어둠이 습자지처럼 투명해지는 시간
사라졌던 창들이 돌아오고
서둘러 마당귀에 쪼그려 앉으면

무죄한 뜰은 천연덕스럽게 또 초록들을 뱉어내고
　　　　　—「이름을 버리다」 부분

　이 두 편의 시에서는 우주와 거시적인 자연 현상을 내면으로 끌어들여 섬세하고 미시적인 심상을 투사해 보이고 있어 각별한 매력을 발산한다. 이들 작품과는 빛깔이 다소 다르지만 「장마를 건너는 방법」과 「따뜻한 조문」 또한 이 시인의 개성적인 시법詩法의 일단을 보여주는 시로 보인다.

소낙비가 와요 이미 젖어 있는데,
질벅거리는 비의 커튼이
너무 두꺼워서, 눈앞이 캄캄해서
그럴 땐 그 자리에 가만히 서 있는 게 제일이죠
두 팔을 벌리고 잠시 가로수가 돼보는 거예요
소낙비는 빨리 지나가니까

(중략)

162

어제는 비, 오늘은 맑음

젖었다 말랐다 그렇게 살아요

─「장마를 건너는 방법」부분

정물처럼 놓인 두 사람

속절없이 식어가던 두 잔의 커피

눈 한 번 마주치지 않고

한마디 말도 잊은 채

(중략)

말없이 글썽이다가 막차가 끊길 때쯤

얼어붙은 손을 끌어당겨

손난로 하나 쥐어 주고

멀어져가던 가난한 그날의 조문객

　　　　　　　　─「따뜻한 조문」부분

　　두 작품 다 일부분만 인용했지만 「장마를 건너는 방법」은 장마철의 기상에 빗대어 우여곡절이 교차하고 변화무쌍한 세상을 살아가는 예지叡智를 기다림과 인내, 순응이라는 덕목으로 녹여 보여주고 있으며, 「따뜻한 조문」은 아픔과 비애를 위무하는 작은 베풂의 소중함과

글썽일 뿐 '말 없는 말'이 말하는 따뜻함을 극대화해 주는 경우라 할 수 있다.

시인의 이 같은 마음자리에는 "여름이 아직 한참 남이 있는데,/꽃이 지면 무얼 심을지 아직 생각해 보지 않았지만//무엇이든 심고 또, 들여다보겠지요"(「환생」)라는 따뜻하고 긍정적인 사고와

하늘이거나 땅이거나
어떤 손이 나를 농담濃淡으로 이끌었는지
한 폭의 수묵담채
그만 길을 잃었다

나는 더듬더듬 앞으로 나아갔다
뽀얀 실커튼 사이로 불쑥 얼굴을 내민 산
──어디로 가십니까
──길을 잃었어요

누가 나를 돌려놓을 때까지
나는 그 골짜기에서 빠져나올 수 없었다
　　　　　　　　　　　　──「수묵水墨」부분

고, 먹의 농담이 요체인 수묵에 담채를 곁들이듯 길을 나서면서 근본적으로는 순리(수묵)에 순응하려는 겸허

164

한 자세를 보이고 있다. 시인은 어쩌면 그 신심信心을 이 시에서도 완곡하게 보여주고 있다고나 할까. 더욱 큰 문맥으로 보면 모든 시의 기저에는 가톨릭 신앙이 은은하게 관류하고 있는 것으로 읽힌다.

시인은 존재의 언어로 존재의 집을 짓는 사람이며, 끊임없이 존재의 부름에 응답하는 언어의 수도자修道者라 할 수 있다. 이희명은 그런 시인인 것 같다. "덕장엔 북풍이 주인이다//(중략)//석 달 열흘,/별빛 풍경 죽비 삼아/마지막 한 방울 육즙마저 버렸을 때,//명태는 마침내/한 소리를 얻었다//해탈, 이라는"(『황태』)라는 구절들이 일깨우는 여운이 오래 남는 까닭을 되새겨 본다.

피망과 파프리카
이희명 시집

발행일
2023년 10월 10일   초판 1쇄

지은이   ● 이희명
펴낸이   ● 김종해
펴낸곳   ● 문학세계사
출판등록   ● 1979. 5. 16. 제21-108호

주소   ● 서울시 마포구 신수로 59-1(04087)
대표전화   ● 02-702-1800
팩스   ● 02-702-0084
이메일   ● munse_books@naver.com
홈페이지   ● www.msp21.co.kr

이 책은 '2023 대구문화예술진흥원 문학작품집 발간 지원'으로 출간되었습니다.